AF358263

28 JUIN 1867

Vente du Vendredi 28 Juin 1867.

PAR SUITE DE DÉPART

DES

DIAMANTS

MEUBLES ET BRONZES ANCIENS

CURIOSITÉS

TABLEAUX

COMPOSANT LA

Collection de Mme la Comtesse***

Exposition publique le Jeudi 27 Juin 1867

Me CHARLES PILLET,
COMMISSAIRE-PRISEUR

M. J. THÉRET, PÈRE,
EXPERT

1867

EXEMPLAIRE DE H STETTINER

CATALOGUE

DE

DIAMANTS

Broche ornée d'émeraudes ;
Épingles à cheveux ; Bijoux ; Bracelets ;
Anciennes Montres d'or ; Médaillons - Boîtes ;
Tabatières, etc. ;
MEUBLES et BRONZES anciens ; — MEUBLES par Riesene r
Beau Lustre en bronze doré par Gouttière ;
Un autre Lustre en cristal de roche, monture du temps
de Louis XVI ;
PORCELAINES de Sèvres, de Chine et du Japon ;
CURIOSITÉS diverses ;
TABLEAUX de l'ancienne École française.

DONT LA VENTE AUX ENCHÈRES PUBLIQUES AURA LIEU

Par suite du départ de Madame la Comtesse de ***

HOTEL DROUOT, SALLE N° 3

Le Vendredi 28 Juin 1867

A DEUX HEURES.

Par le Ministère de M° **Charles PILLET**, Commissaire-Priseur,
rue de Choiseul, 11,

Assisté de **M. J. THÉRET** père, ancien Expert de la Chambre,
rue des Saints-Pères, 40.

Chez lesquels se trouve le présent Catalogue.

EXPOSITION PUBLIQUE

Le Jeudi 27 Juin 1867, de une heure à cinq heures.

CONDITIONS DE LA VENTE

Elle sera faite au comptant.

Les adjudicataires payeront *cinq pour cent* en sus des enchères.

L'exposition mettant le public à même de se rendre compte de
l'état des objets, il ne sera admis aucune réclamation une fois
l'adjudication prononcée.

aris. — Imp Pillet fils aîné, rue des Grands-Augustins, 5.

DÉSIGNATION DES OBJETS

Meubles et Bronzes anciens

1 — Un magnifique Lustre ancien à douze lumières en bronze
doré, de l'époque Louis XVI, par Gouttière. Composé d'un
grand vase en bronze recouvert d'un vernis bleu imitant
l'émail, et de trois têtes de satyres à cornes de bélier ;
avec branches et guirlandes de fleurs et de fruits. — Le vase
est soutenu par trois cariatides se terminant en feuilles
d'acanthe.

2 — Un très-beau lustre en cristal de Roche, monture ancienne en bronze doré du temps de Louis XIV. Composé
de cent dix-sept pendeloques ou plaquettes dont une par-
tie porte 15 centimètres de hauteur, douze boules, trois
petites pyramides, deux grosses boules dans le bas et cent
vingt étoiles d'enfilage.

Hauteur du lustre, 1 met. 20 cent.

3 — Une commode et un secrétaire en acajou, par Riesner, ornés de beaux bronzes finement ciselés (par Gouttière).

4 — Un bureau, avec pupitre en acajou.

5 — Deux jolis petits coffres en vieux laque de Chine, très-fin, bien conservés. Garniture en bronze doré.

6 — Un très-bel échiquier de la Renaissance ; époque de Henri II, incrusté d'ivoire et de beaux lapis-lazulis.

7 — Une garniture de trois vases en porcelaine de Saxe, monture rocaille en bronze doré.

8 — Un coffre en marqueterie de cuivre et nacre de perles, avec figures chinoises et bronze argenté.

9 — Une grande pendule régulateur du temps de Louis XIV se remontant à crémaillère sur plaque en marbre brocatelle d'Espagne, bordure en bois sculpté et bronze doré.

10 — Un guéridon en malachite, ancienne monture Louis XVI.

11 — Une pendule à lyre, avec deux candélabres à trois lumières chaque. Époque Louis XVI.

12 — Une belle paire de candélabres en malachite et bronze doré à sept lumières chaque.

13 — Deux chenets en bronze, Louis XV.

14 — Une ancienne pendule de voyage, fabrique anglaise.

15 — Un cartel ancien à vase et tête de nègres en bronze doré.

16 — Un grand plateau à anses en plaqué, forme carrée à coins arrondis, bordure en argent repoussé.

17 — Un bidet acajou avec sa cuvette en plaqué et son étui.

18 — Trois jardinières en bois sculpté garnies de zinc. Deux encoignures, tablettes en bois sculpté.

19 — Un petit cabinet ancien à tiroirs et à filets d'étain, en écaille et ivoire teint.

Diamants et Bijoux

20 — Une très-jolie broche de corsage pouvant se démonter, composée de huit belles émeraudes entourées de quantité de brillants.

21 — Trois belles étoiles pour épingles de cheveux avec émeraudes entourées de brillants.

22 — Une broche en lapis ornée de dix roses, montée en or.

23 — Une broche façon turquoise, montée en or.

24 — Un joli médaillon ancien en or, orné de six perles fines
et deux petits amours en émail.

25 — Deux épingles de cravate dont l'une formée d'une turquoise entourée de perles fines et l'autre d'une petite opale,
toutes deux montées en or.

26 — Deux épingles de cravates en opales, montées en or.

27 — Deux épingles, dont une formée d'une topaze rose entourée de perles, et l'autre d'une opale. — Toutes deux
montées en or.

28 — Un bracelet argent et or, tête d'homme supportée par
des amours.

29 — Une montre en or de Leroy, avec une flèche en petites
roses de Hollande, indiquant l'heure à la vue et au tou-
cher.

30 — Une montre en or de Lépine, très-bonne, à répétition.

31 — Une jolie petite montre ancienne, Louis XVI, entourée de perles pointées, bordure en émail vert et blanc et fond en émail violet.

32 — Une montre ancienne en or, entourée de perles, du nom de Amalric.

33 — Une montre ancienne en argent, à double boîte, époque Louis XIII. — (Du nom de Johnson, à Londres.)

34 — Un émail de Genève, ovale, sujet champêtre, avec marine.

35 — Un grand médaillon en filigrane d'argent, avec plaque en lapis-lazuli.

Boîtes et Objets divers

36 — Une boîte en chagrin, à clous et charnières d'argent, contenant six bagues antiques.

37 — Une grande boîte ovale en vernis Martin, avec médaillon à sujet champêtre.

38 — Une boîte ronde, vernis Martin, à sujet d'oiseaux et de fleurs.

39 — Une boîte ronde vernis Martin, à galons d'or, avec médaillon représentant Vénus et l'Amour.

40 — Une boîte en écaille, monture en argent doré, avec incrustations de petits sujets en écaille posée.

41 — Une boîte en écaille, avec incrustations. — Le milieu en nacre gravé.

42 — Une tabatière ronde en écaille, avec médaillon en écaille, et cuivre repoussé.

43 — Une jolie petite boîte, forme carrée arrondie, en vieux laque de Chine très-fin.

44 — Deux flacons en cristal.

45 — Un petit clocheton en bois de poirier sculpté, représentant divers sujets en reliefs.

46 — Une petite boîte à poudre en ivoire sculpté.

47 — Un joli petit vase en ambre sculpté, avec socle en jaspe rouge.

48 — Un flacon en ambre sculpté.

49 — Un bas d'armoire à deux vantaux et portes vitrées, en bois noir.

50 — Une glace de 1 mètre 45 de haut sur 1 mètre 15 de large.

51 — Une boîte en noyer.

52 — Six écrans chinois.

Porcelaines de Sèvres

53 — Un petit vase forme Médicis, en porcelaine tendre, fond turquoise et médaillon de fleurs. Monté en bronze doré.

54 — Une très-belle tasse en ancienne porcelaine de Sèvres, à fond turquoise et blanc, orné d'une quantité de petites rosaces en émail couleur rubis. Pâte tendre.

55 — Une tasse en porcelaine de Sèvres, pâte tendre, fond jaune, orné de couronnes différentes.

56 — Une jolie tasse en porcelaine (ancien Sèvres), fond bleu de roi, ornée d'un beau médaillon de fleurs.

57 — Une petite tasse porcelaine de Sèvres, fond bleu et jaune avec arabesques. Pâte tendre.

58 — Deux très-jolis groupes en biscuit de Sèvres. Pâte tendre.

59 — Trois petites marmites et une petite tasse à anses. Pâte tendre.

60 — Trois jolies tasses à anses avec leurs soucoupes en porcelaine fond blanc à fleurs bleues. Ancien Sèvres, pâte tendre.

Porcelaines, Faïences et Objets divers

61 — Un joli petit vase en porcelaine de Chine, à goulot.

62 — Une fontaine en ancienne faïence de Rouen, d'un beau décors.

63 — Un vase pot-pourri en porcelaine de Saxe, fond blanc; fruits en relief.

64 — Deux grands et beaux plats en porcelaine de Chine.

65 — Un grand vase en porcelaine de Chine. Céladon, fond bleu.

66 — Un vase à anses. Céladon, fond jaspé. Porcelaine de Chine.

67 — Un vase Céladon, fond vert, porcelaine de Chine.

68 — Un vase à anses, tête d'éléphant. Céladon bleu d'empois. Porcelaine de Chine.

69 — Un groupe d'oiseaux en porcelaine de Saxe.

70 — Deux vases en forme de gourdes. Porcelaine de Chine.

71 — Deux petites potiches et une gourde en porcelaine de Chine.

72 — Trois figurines en porcelaine de Chine.

73 — Un petit vase à anses fond bleu en porcelaine de Vod-
wood, avec bas-reliefs; — Un flacon en cristal à quatre
compartiments.

74 — Deux petits cornets en verre rose et une coupe en verre
opale.

75 — Deux vases à trois anses, genre étrusque.

76 — Une tasse en porcelaine de Deft, décorée de l'aigle im-
périale.

77 — Une grande tasse en porcelaine moderne, fond blanc et
or, avec guirlandes de fleurs.

78 — Une théière en porcelaine moderne; — Une croix en
coquillage; — Un panier en marbre; — Une coupe en
bronze.

79 — Un flacon en porcelaine et une corbeille en verre opale,
monture en bronze doré.

80 — Un vase en porcelaine laquée; — Une coupe en verre
opale montée en bronze doré; — Une tasse et une sou-
coupe façon de Chine; — Un pot à crème fond bleu.

81 — Deux petits porte-bouquets en verre bleu anglais, avec décors émaillés.

82 — Un panier à anses, en marbre blanc.

83 — Deux flacons, en cristal blanc et jaune.

84 — Deux flacons en cristal blanc, montés en bronze doré.

85 — Un vase à surprise, en bronze doré, orné de pierres.

86 — Deux grands vases, forme Médicis, avec médaillons à fleurs. Porcelaine moderne.

Tableaux

87 — Un portrait de Lenôtre, par Largilière.

88 — Un tableau-marine avec figures.

89 — Un tableau. Tête de jeune homme, époque Louis XV, par Drouais.

90 — Un tableau. Très-beau bouquet de fleurs, par Redouté.

91 — Deux petits tableaux de marine, par Gudin. Signés 1847.

92 — Un tableau : La bonne Mère, par Henri Scheffer.

93 — Deux petits tableaux : Sujets de chasse, par Griff.

94 — Une belle tête de Vierge ancienne, par Sasso Ferrato.

95 — Les objets non catalogués seront vendus sous ce numéro.